蒹葭苍苍

诗经之乐

秋

晓月／主编
于浩／著
黄延平／编曲

二十一世纪出版社集团
21st Century Publishing Group

孔子用《诗经》来教育孩子

《论语》里记载，一天孔子站在庭院里，儿子孔鲤正好经过，像所有害怕被家长检查作业的孩子一样，他想快点走过去，结果还是被孔子看到了，孔子问他：“你今天学习《诗经》了吗？”孔鲤说没有。孔子说：“不学《诗经》，怎么懂得说话的道理！”

早在两千多年前，孔子就用《诗经》来进行教学，教导学生和子侄立言、立行的道理。那时还不叫《诗经》，只叫作“诗”或“诗三百”。

《诗经》离我们三千多年，前后诗篇跨越了五百多年

《诗经》是什么时候编成的，具体是由谁来编的，因时代久远，已弄不清楚。古代学者大多认为是孔子编定的，因为孔子是儒家学派的创始人，所以不仅是《诗经》，包括《周易》《尚书》《礼记》《春秋》在内的五经都是由孔子编定的。现代学者认为《诗经》是周代的乐师或是史官编集的，这应该是一个漫长的过程，因为《诗经》里的诗篇，前后跨度就有五百多年。

《诗经》里最早的诗记录于西周初年，多为宫廷创作的用于宗庙祭祀的乐歌，大概在公元前十一世纪，也有一些诗可能诞生得更早，但经过了周代乐师的改造。最晚的诗则在东周中期，大概是公元前六世纪。《诗经》

反映了五百多年的历史文化风貌，在这漫长的时间里，一直有人对诗进行收集、编辑，甚至修改，因为这些诗篇要配乐演奏、歌唱，以适用于各种祭祀、仪式场合，还要用于周代贵族子弟的教育。后来孔子用《诗经》来教学，延续的正是周代贵族的传统。可能在孔子出生之前，《诗经》大体上已经编好了。今天《诗经》共有311首诗（其中6首只有诗题没有文辞，原是用笙演奏的，有人认为本来就没有文辞，古人称作“六笙诗”）。

“风雅颂”和“赋比兴”：《诗经》的分类和艺术手法

《诗经》分“风”“雅”“颂”三个部分，之所以这样分，既与音乐风格相关，也与诗的内容相关。“颂”的时代最早，是周天子、诸侯歌颂先王、先公功德的诗篇合集，多用于宗庙祭祀，包括了《周颂》《鲁颂》《商颂》三个部分。“雅”分为《小雅》和《大雅》，多用于天子诸侯祭祀、典礼等场合，既有不少关于周代政治生活与历史事件的作品，也有贵族个人的创作。“风”包括了十五国风，收录了十五个地区反映社会各个阶层的诗篇，涵盖地域极广，西至陕西、甘肃，北至山西南部，南至汉水流域，东至山东半岛。这么大范围的诗是如何收集的呢？周代有专门的采诗官，在孟春时节，他们乘着轻便的马车，手里摇着木铎，到各地采集诗篇，献给乐师用来配乐歌唱。今天我们还有“采风”一词，源头就是这里。

《诗经》时代的人们，与自然万物的关系非常密切，他们需要观测天象运转的规律，来建设家园、确定农时；他们了解很多动物的习性，据此对动物做了初步的分类；他们熟悉植物，不仅食用，还培植、园艺，用于观赏；他们对环境、生死、灾害等体验远比现代人更为深刻。《诗经》写下了他们聆听万物的声音，描绘自然的各种颜色，以及由此带来的各种习俗与情感。《诗经》的艺术价值因此升华，后人将这些高明的创作手法总结为“赋”“比”“兴”。“赋”是直接的描写，直抒其事；“比”是比喻，例如把君子比喻成精心雕琢的玉石；“兴”就是用客观事物寄托情志，近似于象征，通过外物来抒发情感。“赋”“比”“兴”的诗歌艺术一直影响着中国古代诗人的创作。

《诗经》构筑了中国人的精神气质

《诗经》作为中国最古老的一部诗歌总集，它的内容极为丰富，作者阶层上至天子诸侯，下至士庶妇女，描写了当时各种祭祀、宴饮、节令、婚丧、战争、农事、歌舞、建筑等内容，涉及商周时期的各类历史事件，展现了不同阶层之人的各类情感。《诗经》的文辞典雅而不失流畅，情感庄严肃穆又不失活泼，既有雄大博厚的鸿篇巨制，也不乏民间小调式的婉转情歌。它给我们展现了周人的精神气质：坚韧不拔，乐观昂扬，积极进取；他们直面生活中的苦难，不逃避，不空泛，真实地表达人类生存的困境（此类困境也是现代人常常遇到的）；尽管有悲哀痛苦，然而更有直面的勇气，所以能堂堂正正地应对，始终对未来充满期待。这就使得《诗经》充满了应对苦难的磅礴生命力和精神力量，塑造了一种坚韧刚健的民族品格。因此后代的诗人们把《诗经》作为古典诗歌的最高准则。

《诗经》都是可以唱的

《诗经》最初是配乐演奏的。《左传》里记载，公元前544年，吴国的公子季札访问鲁国，鲁国乐师为季札完整演奏了十五国风、二雅和三颂，季札为此赞叹不已，还对每一部分都做了评价。《诗经》的古乐谱在后世逐渐失传，据说《鹿鸣》的古乐谱一直保存到三国魏晋时期，但历经战乱最终也遗失了。古乐谱虽不存，但人们还会创作新的乐谱，汉代就制作了不少《诗经》的琴曲，到了唐宋以后，宫廷依然会根据《诗经》创作各类曲子，民间也不断用各类音乐形式演绎着《诗经》。直到今天，不少地区还留有“《诗经》古乐”的非物质文化遗产，彰显着《诗经》与音乐结合后长久的生命力。

《诗经之乐》也属于“古乐新创”的尝试，我们选择《诗经》中脍炙人口的49首诗，分别谱上新曲，希冀给《诗经》带来别样的风貌。49首诗按主题分为“春”“夏”“秋”“冬”四本，对应植物、动物、思人和家国四个主题。为了帮助读者更好地理解《诗经》，我们给诗文加上了注释和解读，注释尽量用简单的话说明字词意思，并且详细解释、溯源诗中的动物和植物，以期读者能在现代环境中与之一一对应。在诗篇解读的撰写中，我们尽量还原创作的历史背景，让读者了解背后有趣的故事和知识点。由于《诗经》的研究历来学派众多，很多词、句都不止一种解读，要把所有解读都写下来，不仅读者容易厌倦，图书也容纳不了那么多篇幅，所以往往采用一两种较为合理的解释。读者若是看到有其他不一样的说法，也可以查找资料，思考哪一种解读更为合理。这样编写下来，我们希望这几本书不仅适合小朋友吟唱、阅读，也适合大朋友深入阅读、思考。希望大小朋友不仅能听到《诗经》之“乐”（音乐），也能感受《诗经》之“乐”（快乐）。

（南昌大学国学研究院副教授　于浩）

目录

郑风·风雨 02

邶风·凯风 09

邶风·静女 15

卫风·硕人 21

邶风·柏舟 31

卫风·伯兮 39

郑风·子衿 46

陈风·月出 54
邶风·简兮 60
魏风·陟岵 66
唐风·绸缪 72
卫风·氓 81

《诗经》就要唱出来

zhèng fēng fēng yǔ

郑风·风雨

fēng yǔ qī qī jī míng jiē jiē jì jiàn jūn zǐ yún hú bù yí

风雨凄凄[1]，鸡鸣喈喈[2]。既[3]见君子，云[4]胡[5]不夷[6]！

fēng yǔ xiāo xiāo jī míng jiāo jiāo jì jiàn jūn zǐ yún hú bù chōu

风雨潇潇[7]，鸡鸣胶胶[8]。既见君子，云胡不瘳[9]！

fēng yǔ rú huì jī míng bù yǐ jì jiàn jūn zǐ yún hú bù xǐ

风雨如晦[10]，鸡鸣不已[11]。既见君子，云胡不喜！

译文

风雨凄凄下，雄鸡喈喈叫。终于见到君子，怎么能不高兴！

风雨潇潇下，雄鸡咯咯叫。终于见到君子，怎么会不病愈！

雨天阴沉沉，雄鸡叫不停。终于见到君子，怎么能不喜悦！

字词注释

1 凄凄：雨持续不停的样子。形容草木的“萋萋”和本诗中的“凄凄”都有茂盛、众多的含义。

2 喈喈：鸡鸣叫的声音。

3 既：已经。

4 云：类似于“曰”“爰”，语气词，没有意义。

5 胡：何，如何。

6 夷：通“怡”，意思是喜悦。

7 潇潇：下暴雨的样子。“凄凄”用来形容密度，“潇潇”用来形容声音。

8 胶胶：通“嘐嘐”，鸡鸣声。和“喈喈”类似，都是拟声词。

9 瘳：病好了。这里用病好了来形容见到君子的喜悦之情。

10 如晦：“如”，而，表示递进关系的介词。“晦”，晦暗，昏暗，表示天气阴沉、晦暗的样子。

11 不已：不停。

风雨飘摇之际见到君子的喜悦

这是一首思念君子的诗，君子是谁呢？恐怕不仅仅是女子思念的某个男子或自己的丈夫那么简单，因为诗里有很强烈的象征意味。风雨下个不停，天色极为阴暗，而鸡在不停地叫着，仿佛有什么不好的预兆。这一切都象征着政治的阴暗、混乱和危机四伏。这个时候，诗人思念君子，希望他能够力挽狂澜，带来光明。这位君子，应该是贤君或贤才。当看到他出现的时候，诗人不禁欣喜地喊出“云胡不夷”“云胡不瘳”“云胡不喜”，犹如大病得到救治，痊愈了一般。

整首诗的句式结构简单凝练，前句描绘风雨的不绝和鸡鸣的喧嚣，那种阴雨天的氛围与不安之感扑面而来；后句描写见到君子后自己的心情，其中雨过天晴、阴霾散尽的欣喜溢于言表。前后强烈的对比，加深了人们对君子的印象，增强了人们对君子的期待。后面两章是第一章的叠咏，但不是简单的重复，而是情绪的积累。先说“风雨凄凄”，给人视觉上的感受；再说“风雨潇潇”，给人听觉上的感受；最后一章则直接说风雨带来了晦暗，鸡鸣叫个不停，说明环境的性质，有强烈暗示局势不明的意味。而见到君子后的“夷”“瘳”“喜”，更是暗示了见到君子之前，是有不平、有心病、有不悦之事的。“云胡不喜”是反问语气，作用就是强调喜悦之前的“不夷”“不瘳”“不喜”。

因为这首诗，“风雨如晦，鸡鸣不已”成为后世指代时局动荡、晦暗不明的名句。郁达夫的诗句“鸡鸣风雨海扬尘”，用的就是这个典故。

郑风·风雨

《诗经》原诗
晓　月　作曲
黄延平　编曲

1=G $\frac{4}{4}$

bèi fēng kǎi fēng

邶风·凯风

kǎi fēng zì nán chuī bǐ jí xīn jí xīn yāo yāo mǔ shì qú láo

凯风[1]自南，吹彼棘心[2]。棘心夭夭[3]，母氏[4]劬劳[5]。

kǎi fēng zì nán chuī bǐ jí xīn mǔ shì shèng shàn wǒ wú lìng rén

凯风自南，吹彼棘薪[6]。母氏圣善[7]，我无令[8]人。

yuán yǒu hán quán zài xùn zhī xià yǒu zǐ qī rén mǔ shì láo kǔ

爰有寒泉，在浚[9]之下。有子七人，母氏劳苦。

xiàn huǎn huáng niǎo zài hǎo qí yīn yǒu zǐ qī rén mò wèi mǔ xīn

睍睆[10]黄鸟[11]，载[12]好其音。有子七人，莫慰[13]母心。

译文

有风从南方来，吹动酸枣的芽。酸枣芽柔嫩，母亲太艰辛。

有风从南方来，吹动酸枣的枝。母亲多慈爱，我们不成材。

哪里有汪寒泉，在浚的地底下。子女七个人，母亲太辛劳。

鲜亮的黄雀啊，发出悦耳之声。子女七个人，不能报母恩。

字词注释

1 凯风：夏天吹的南风。

2 棘心：酸枣树的嫩芽。“心”，指嫩芽。

3 夭夭：幼小柔嫩的样子。

4 母氏：母亲。

5 劬劳：辛劳。

6 薪：成熟的枝条、枝干，可以砍下来当柴烧，后来引申为柴薪。“棘薪”是指酸枣树的枝条，比喻子女已经长大。

7 圣善：“圣”，慈爱、善良。“圣善”就是善良、有爱心的意思。

8 令：好，美好。

9 浚：卫国的地名。

10 睍睆：明亮，鲜明。古时两个字的声母、韵母相同，读音相近，所以放一起使用。

11 黄鸟：黄雀。

12 载：语气词，表示强调。“载好其音”按现代汉语句法应该是“其音载好”，指黄雀的声音悦耳动听。

13 慰：安慰，这里指报答。

闻一多《七子之歌》的灵感来源

这是古代著名的赞美慈母的诗，它之所以流传这么久仍被高度评价，传诵不绝，就在于它没有刻意拔高母亲的贡献，而是平实地描写母爱，写对辛劳的母亲的心疼，写自己不能报答的内疚。感情真挚就是诗歌动人的原因。

从诗句“我无令人”来看，诗人应当是这位母亲的孩子。他将母爱比作夏天和煦的南风，将养育子女比作和风吹拂着嫩芽直至长成粗壮的枝干，又将母爱比作涓涓不绝的地下泉水（寒泉），浸润着自己的后代。诗人善用比喻，因为不论是“凯风”还是“寒泉”，都是肉眼看不到的，母爱也是如此，润物无声，母亲从不宣扬自己的付出，她总是默默操持着一切。

诗人反过来写道，虽然“母氏劬劳”，但这七个孩子实在不成器，不能报答母亲。他又用了个精妙的修饰，用黄雀悦耳的声音，衬托自己不能取悦母亲。从整首诗来看，诗人处处写自己不争气，这种话并不是在和兄弟姐妹撒气，而是表达未能报答母爱的愧疚。从这一点看，诗人能很深地体会母亲的劳苦，始终存有报答之心，何尝不是位孝子呢？

这首诗影响很大，唐代诗人孟郊的“谁言寸草心，报得三春晖”，句意就是从这首诗里生发的。闻一多先生有组很著名的《七子之歌》，将祖国比作母亲，将清代晚期被列强强抢、分离出去的香港、澳门、台湾等地比作母亲的七个孩子，他们看到母亲辛苦受欺却无能为力，渴望回归母亲的怀抱，想报答祖国母亲。整组诗的灵感，就来自《凯风》。

邶风·凯风

《诗经》原诗
晓 月 作曲
黄延平 编曲

1=B $\frac{4}{4}$

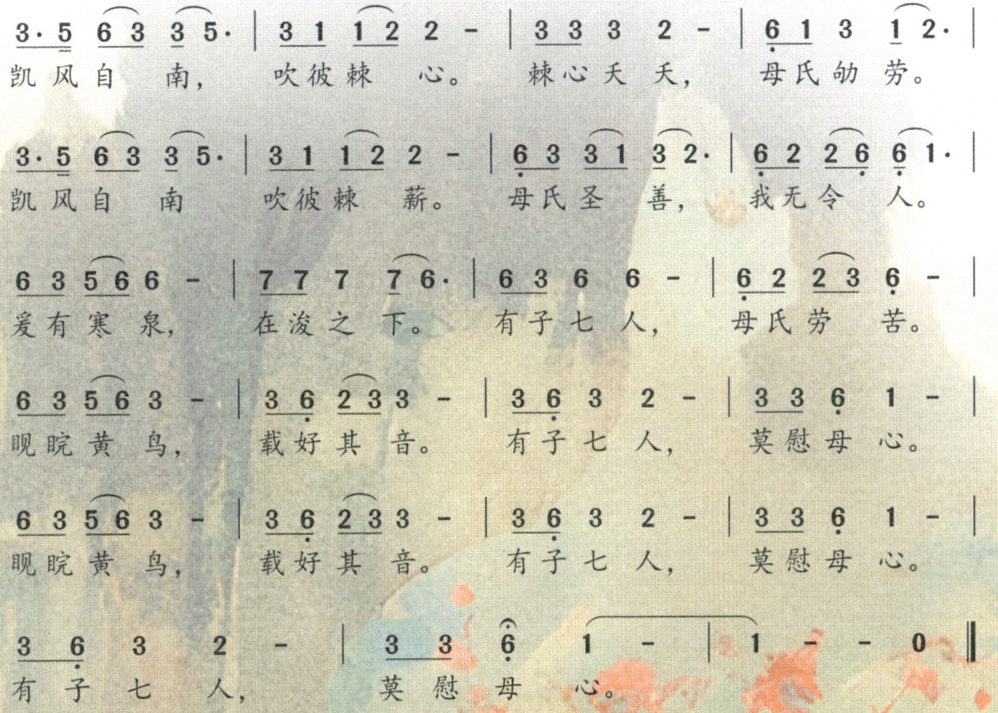

bèi fēng jìng nǚ

邶风·静女

jìng nǚ qí shū sì wǒ yú chéng yú ài ér bú xiàn sāo shǒu chí chú

静[1]女其姝，俟[2]我于城隅[3]。爱[4]而不见，搔首[5]踟蹰[6]。

jìng nǚ qí luán yí wǒ tóng guǎn tóng guǎn yǒu wěi yuè yì rǔ měi

静女其娈[7]，贻[8]我彤管[9]。彤管有炜[10]，说怿[11]女美。

zì mù kuì tí xún měi qiě yì fěi rǔ zhī wéi měi měi rén zhī yí

自牧归[12]荑[13]，洵[14]美且异。匪女之为美，美人之贻。

译文

女子那样姝丽，在城角等候我。躲起来不露面，让我挠头不知所措。

女子那样美好，赠给我支红管。红管充满光泽，让我更爱你的美丽。

牧场送我嫩白茅, 真又美又奇异。非白茅本身美, 只因它是美人所赠。

字词注释

1 静：“静”就是古代的“靓”字，原意是指颜料的鲜亮，引申为人的靓丽。“静女”就是靓女，靓丽的女子。

2 俟：等待。

3 城隅：城墙的一角。

4 爱：同“薆”，躲藏的意思。“爱而不见”是躲起来不相见。《诗经》创作的时代，“爱”这个字没有今天爱情、爱慕的意思，只表示怜惜、怜悯。表达爱意的字用的是“惠”“好”，比如《郑风·褰裳》的“子惠思我”。

5 搔首：挠头。

6 踟蹰：走来走去，不知道怎么办的样子。

7 娈：美好。

8 贻：赠送。

9 彤管：初生时呈红色的草秆。

10 炜：光泽。

11 说怿：“说”同“悦”，开心。“怿”也是指开心。

12 归：同“馈”，馈赠。

13 荑：白茅的嫩芽，和“彤管”近似的物品。

14 洵：真的，确实。

情绪跌宕起伏的爱情诗

这是一首简单动人的爱情诗。

诗人爱上了一名美丽的女子，他们约好了在城角见面，到了约定的时候，她却不见了。诗人慌了起来，挠头顿足，心中忧虑：她跑掉不见我，是不是不喜欢我了？原来女子只是躲了起来，和诗人开了个小小的玩笑。而当她再出现的时候，诗人感到加倍惊喜，因为刚刚品尝了失去的滋味，自己要更珍惜对方。

这个调皮的女子，对待感情也非常真诚，一旦确定了要与诗人交往，就送给了诗人定情的礼物 “彤管”。“彤管”具体是何物，历来众说纷纭，有的说是笛子一类的乐器，有的说是玉器。从这首诗整体的基调来看，“彤管”应该不会太贵重，所以可能是红色的草秆，很朴素，却充满深意。诗人不会因这件物品廉价而厌弃，反而觉得红色的草秆充满了鲜亮的光泽，映照得女子也更为美丽。

女子放牧归来，又送给诗人刚刚长出的白茅。诗人把这件礼物妥帖珍藏。诗人为什么这么郑重呢？并不是因为物品本身珍贵，只因它是自己珍爱的人所赠送的。整首诗充满了对女子的爱意，这爱意中还有互相的尊重、体贴和欣赏。不以物品的珍贵、身份地位的高低来评判对方，这才是真正的爱情。

扫码听乐

邶风·静女

《诗经》原诗
晓　月　作曲
黄延平　编曲

1＝D $\frac{4}{4}$

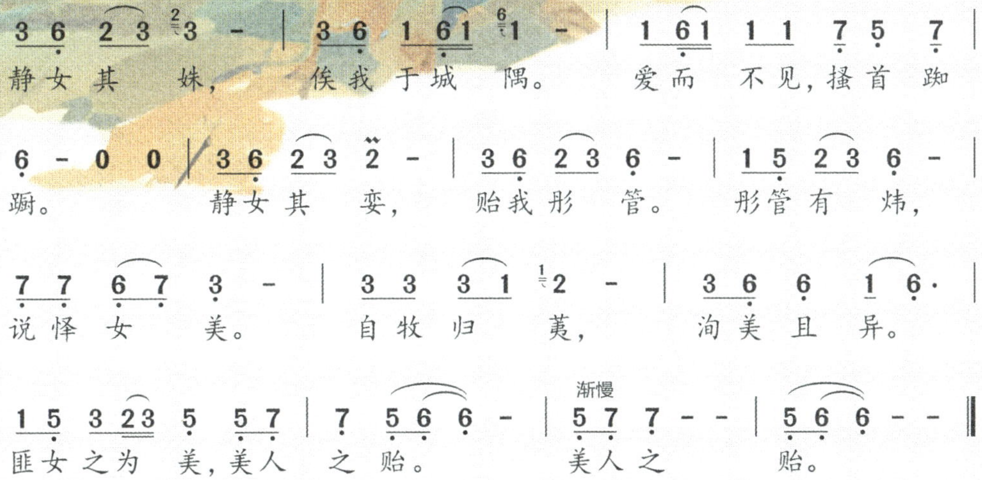

wèi fēng shuò rén

卫风·硕人

shuò rén qí qí yì jǐn jiǒng yī qí hóu zhī zǐ wèi hóu zhī qī
硕人[1]其颀[2]，衣锦褧衣[3]。齐侯之子[4]，卫侯之妻[5]。

dōng gōng zhī mèi xíng hóu zhī yí tán gōng wéi sī
东宫之妹[6]，邢侯之姨[7]，谭公维私[8]。

shǒu rú róu tí fū rú níng zhī lǐng rú qiú qí chǐ rú hù xī
手如柔荑[9]，肤如凝脂[10]。领如蝤蛴[11]，齿如瓠犀[12]，

qín shǒu é méi qiǎo xiào qiàn xī měi mù pàn xī
螓首蛾眉[13]。巧笑倩兮[14]，美目盼兮[15]。

shuò rén áo áo shuì yú nóng jiāo sì mǔ yǒu jiāo zhū fén biāo biāo
硕人敖敖[16]，说于农郊[17]。四牡有骄[18]，朱幩镳镳[19]，

dí fú yǐ cháo dà fū sù tuì wú shǐ jūn láo
翟茀以朝[20]。大夫夙退，无使君劳[21]。

hé shuǐ yáng yáng běi liú guō guō shī gū huò huò zhān wěi bō bō
河水洋洋[22]，北流活活[23]。施罛涉涉[24]，鳣鲔发发[25]，

jiā tǎn jiē jiē shù jiāng niè niè shù shì yǒu qiè
葭菼揭揭[26]。庶姜孽孽[27]，庶士有朅[28]。

译文

绰约的佳人身材颀长，穿着锦衣外罩禅衣。她是齐侯的女儿，卫侯的新妻。她是东宫太子的妹妹，邢侯的小姨，谭公的妻姐。

手臂如同白茅的嫩芽，肌肤如同凝结的脂膏。颈项犹如桑蠹般优美，牙齿好似整齐的瓠子，还有着蝼蝉的额角、蚕蛾的眉。笑靥是那么俏美啊，眼眸是那么明亮啊。

绰约的佳人多么高挑，她的车马停在农郊。四匹公马矫健壮硕，红色的帻巾随风飘扬，乘着以羽毛装饰车蔽的马车前来入朝。大夫们早早退下，不让君主过于操劳。

河水洋洋洒洒，向北哗哗奔流。撒下渔网涉涉响，鲤鱼鲟鱼乱蹦跶，芦苇茂密而繁盛。陪嫁的众女盛装美丽，送嫁的卿士勇武健壮。

字词注释

1 硕人：身材高大修长之人，用来形容被赞颂者庄姜之美。《诗经》里经常用“硕人”来赞美身材高大修长的人，体现了一种健康的审美观。

2 颀：修长的样子。

3 衣锦褧衣：前一个“衣”是作动词，表示穿的意思。“锦”，锦衣，指用丝绸制作并绘有花纹的华贵外衣。“褧衣”，即禅衣，罩在锦衣外面用于防尘的外罩，一般很薄，呈半透明状。湖南马王堆汉墓出土的素纱禅衣就是此类衣服。

4 齐侯之子：这句及后面几句诗都点明了庄姜的身份。“齐侯”，齐国国君，即齐庄公。“子”，古代通指子女。“齐侯之子”是说庄姜是齐庄公的女儿。

5 卫侯之妻：“卫侯”就是卫庄公。诗中所赞美的庄姜，是从齐国嫁到卫国，嫁给卫庄公做王后。先秦时期对贵族女性的称呼，一般是用丈夫的谥号加上母国的姓，庄姜的丈夫是卫庄公，谥号是“庄”，庄姜是齐国人，齐国王族是“姜”姓，所以历史上就称她为“庄姜”。

6 东宫之妹：“东宫”，太子。指的是齐庄公的儿子，名字叫得臣。这里是说庄姜是齐国太子的妹妹。

7 邢侯之姨：“邢侯”，邢国国君。妻子的姐妹叫作“姨”。这里是说庄姜是邢侯妻子的姐妹。

8 谭公维私：“谭公”，谭国国君。“维”，语气词，无意义。姐妹的丈夫叫作“私”。这里是说庄姜姐妹的丈夫是谭公。这句表达的意思和上句一样，只是为了让句意不重复，所以换了一个角度来说。以上都是从侧面来彰显庄姜身份的尊贵。

9 柔荑：“柔”，柔嫩。“荑”，白茅初生的嫩芽。形容庄姜的手指柔嫩纤细。

10 凝脂：古代用动物脂肪或油料植物熬制成的油脂，可以做燃料，凝固后晶莹透亮，富有弹性。形容庄姜的肌肤之美。

11 领如蝤蛴：“领”，颈部。“蝤蛴”，又叫桑蠹，一种生活在树木里的蛀虫；一说是天牛的幼虫。这种虫子白而长，这里用来形容庄姜的脖颈又白又长。

12 齿如瓠犀：“瓠”，瓠瓜。“犀”，瓜子。瓠瓜剖开来，从瓜瓣上能看到整齐洁白的瓜子。形容庄姜的牙齿整齐洁白。

13 螓首蛾眉：“螓”是一种小蝉，头部较宽，借以形容庄姜额头、眉目宽广。《诗经》创作的时代，以额头、眉目宽广为美。“蛾眉”，是用蚕蛾的触须形容庄姜的眉毛之美。

14 巧笑倩兮：“巧”，美好的样子。“倩”，形容笑起来时脸颊美丽动人。

15 美目盼兮：“盼”，本义指眼白和眼眸黑白分明，这里是形容眼睛灵动有神的样子。

16 敖敖：颀长的样子。

17 说于农郊：“说”通“税”，停止、停歇。“农郊”，国都的近郊。指庄姜在农郊休息，并等待卫君的迎接。

18 四牡有骄：即“四牡骄骄”。“牡”，公马。“骄”，健壮。春秋时期贵族车驾由四匹健壮的公马来拉。

19 朱幩镳镳：“朱”，红色。“幩”，缠在马嚼子上的汗巾，用来扇汗，又有装饰的作用。“镳镳”，盛大的样子。庄姜出嫁，送嫁的车辆有很多，行驶在车道上，非常壮观。这句用“朱幩”来借代车马，以车马仪仗中最显著的物象来展现场面的盛大。

20 翟茀以朝：“翟”是羽毛。“茀”是车蔽。古代妇女乘车，不方便抛头露面，在车厢四周设帷帐加以遮蔽。“翟茀”就是用羽毛装饰的车蔽。“朝”，入朝，指准备进入卫国的都城。这句是说庄姜在农郊休息后，坐着有羽毛装饰车蔽的马车准备进入卫都。

21 大夫夙退，无使君劳：“大夫”，卫国的大夫。“夙”，早。“退”，退朝。“君”，君主，指卫庄公。这句是说卫庄公和庄姜成婚后，卫国的大夫无事都尽早退朝，不让卫庄公太劳累，能有时间与庄姜亲近。

22 洋洋：水势盛大的样子。

23 活活：水流动的声音。

24 施罛涉涉：“施”，放置。“罛”，大渔网。“涉涉”，将渔网撒于水中时的声音。

25 鳣鲔发发：“鳣”，大鲤鱼。“鲔”，一种青黑色的鲟鱼，头小而尖。“发发”，打鱼收网时，大量的鱼在网中摆动鱼尾发出的声音。

26 葭菼揭揭：“葭”，芦苇。“菼”，初生的荻，这里泛指芦苇。“揭揭”，芦苇修长的样子。

27 庶姜孽孽：“庶”，众多。“姜”，姜姓女子，这里是指陪嫁的女子，西周、春秋时期贵族妇女出嫁，会选取她的侄女、妹妹陪嫁，作为君主的媵妾。“孽孽”，衣饰华贵的样子。

28 庶士有朅：“庶士”，指齐国送嫁的大夫、卿士。“朅”，健壮勇武。

齐国公主的“凡尔赛”

这是一首非常著名的诗，赞美的是卫庄公的夫人庄姜，写的正是她从齐国嫁到卫国的事。这件事情《左传》中也有记载，诗里“齐侯之子，卫侯之妻。东宫之妹，邢侯之姨，谭公维私”这几句点明了她的身份。

诗的第一章开篇就赞美庄姜身材颀长、衣着华贵，凸显她的高雅，随后用几句诗来确定她的身份。这种句式常见于西周青铜器铭文中，所以有一种典雅的金石之气。

诗的第二章则连用五个比喻来形容庄姜之美，赞美她的手如初生的嫩芽；肌肤如凝固的油脂；脖颈长而白皙，如树中的桑蠹；牙齿洁白整齐得如瓠瓜子；额眉宽广像精致的小蝉，眉毛则如同蚕蛾的触须。这些比喻既是白描，又是巧妙的联想，形象地点出了庄姜最为显著的外貌特征。但这些只是形，还没有神，而最后两句就点出了庄姜的神态：“巧笑倩兮，美目盼兮”，一笑起来两颊更加美了，眼睛也灵动有神。不仅写出了庄姜的神韵，也使得前面白描的外貌细节变得摇曳生姿。

诗的第三章则用庄姜车驾的停歇等待、卫庄公的亲迎和卫国大夫的退朝，来描写庄姜与卫庄公的婚礼符合礼制，盛大雍容。

诗的最后一章，诗人旁行斜上，写流水的声音，写渔网的入水声和鱼出水的扑腾声，再写长长地竖立在远方的芦苇。“河水洋洋”是丰沛的意象；“鳣鲔发发”有多子多福的寓意；“葭菼揭揭”则点明成婚的时间是在秋冬之际，此时芦苇花穗成熟变白，挺立在风中，十分美观。最后再写陪嫁女子的众多和齐国送嫁官员的仪容齐整，彰显齐国非常重视这一次联姻。

诗人用细致的白描和典雅的笔墨，写出了庄姜的美丽和婚礼的庄重，千载之后的我们仍能被其中的文字深深打动。然而，庄姜如此美貌、高贵、典雅，服饰如此华丽，车马如此齐整盛大，她却是一个不幸的人物。她嫁给卫庄公后婚姻并不幸福，一直没有子嗣，只能将另一个妃子生的儿子当作养子，就是后来的卫桓公。卫庄公喜欢的是一个在历史上没有留下名字的侍妾，侍妾给卫庄公生了一个儿子叫州吁，他深得卫庄公的喜爱。卫庄公死后，卫桓公即位，但不久州吁就挑起战乱，杀死了卫桓公。这首诗里描写的送嫁场面有多盛大，就更能够反衬庄姜的命运有多悲惨。所以古代的学者多认为这首诗不是在赞美庄姜，而是在怜悯庄姜，哀叹她华贵外在下不幸的命运。

扫码听乐

卫风·硕人

《诗经》原诗
晓　月　作曲
黄延平　编曲

1=♯C 4/4 2/4 5/4

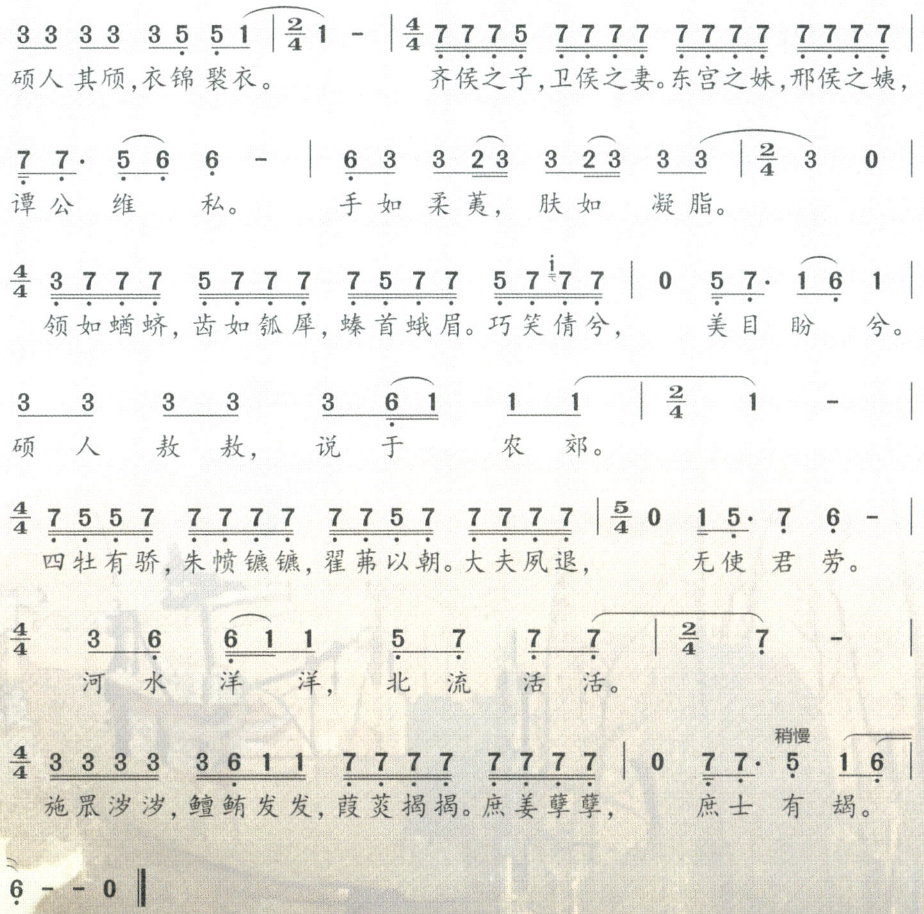

bèi fēng bǎi zhōu

邶风·柏舟

fàn bǐ bǎi zhōu yì fàn qí liú gěng gěng bú mèi rú yǒu yǐn yōu wēi wǒ wú jiǔ yǐ áo yǐ yóu

泛彼柏舟，亦泛其流[1]。耿耿[2]不寐，如有隐忧[3]。微我无酒[4]，以敖以游。

wǒ xīn fěi jiàn bù kě yǐ rú yì yǒu xiōng dì bù kě yǐ jù bó yán wǎng sù féng bǐ zhī nù

我心匪鉴[5]，不可以茹[6]。亦有兄弟，不可以据[7]。薄言往愬，逢彼之怒[8]。

wǒ xīn fěi shí bù kě zhuǎn yě wǒ xīn fěi xí bù kě juǎn yě wēi yí dì dì bù kě suàn yě

我心匪石[9]，不可转也。我心匪席[10]，不可卷也。威仪棣棣[11]，不可选[12]也。

yōu xīn qiǎo qiǎo yùn yú qún xiǎo gòu mǐn jì duō shòu wǔ bù shǎo jìng yán sī zhī wù pì yǒu biào

忧心悄悄[13]，愠于群小[14]。觏闵既多[15]，受侮不少。静言思之[16]，寤辟有摽[17]。

rì jī yuè zhū hú dié ér wēi xīn zhī yōu yǐ rú fěi huàn yī jìng yán sī zhī bù néng fèn fēi

日居月诸[18]，胡迭而微[19]？心之忧矣，如匪澣[20]衣。静言思之，不能奋飞[21]。

译文

柏舟不停地摇晃，河水也在漂荡。耿耿于怀睡不着觉，心中有着浓郁的忧伤。酒并不能用来解忧，无处可以自在遨游。

我的心不是明镜，什么都往里装。虽然还有兄弟手足，却不能让我有所依靠。跑过去向他们倾诉，却遭到他们的怒喝。

我的心不是磨盘，任谁都能转动。我的心不是席子，任谁都能卷起。我自有人格和尊严，不是他人能够比拟的。

忧愁的心悄然而痛，小人憎恨众口铄金。遭受的陷害已经太多，受到的侮辱更是不少。沉静下来细细想，仍然捶胸睡不着觉。

太阳啊月亮啊，为什么你们相继暗淡？我心中的忧愁啊，好像没有洗净的衣服。沉静下来细细想，我恨不能像鸟展翅高飞！

字词注释

1 泛彼柏舟，亦泛其流：《诗经》里用一个形容词加“彼”字来形容某个事物，通常表示重叠的意思。“泛彼”就是“泛泛”，流动的样子。“柏舟”，柏木做的舟。柏木非常坚固，形容诗人内心坚定。流水则喻示外部环境的动荡。

2 耿耿：古书中常常写作“炯炯”，此处指心中忧愁。

3 如有隐忧：“如”，同“而”，表示因为。“隐”，同“殷”，表示深重。“忧”，忧愁。这句是说因为有很深的忧愁。

4 微我无酒，以敖以游：“微”，非。“敖”，同“遨”。这句表达的不是没有酒而不能遨游忘忧，恰恰相反，是即使有酒也不能让诗人遨游忘忧。

5 匪鉴：“匪”，同“非”，不是。“鉴”，镜子。

6 不可以茹：“茹”，本义是食用，这里引申作容纳、忍受的意思。

7 据：依靠。

8 薄言往愬，逢彼之怒：“愬”，同“诉”，倾诉。“逢”，遭遇。“彼”，指兄弟。“怒”，怨怒。诗人去向兄弟倾诉，结果遭到兄弟的怨怒。

9 石：诗里指的似乎是磨盘石，所以下文才说“不可转也”，“转”，转动。

10 席：席子。

11 棣棣：尊贵有威严的样子。

12 选：通“算”。“不可选”，本义指诗人仪态尊贵威严，素质完备，技能不可胜数。可理解为诗人出类拔萃，是他人不可比拟的。

13 悄悄：忧愁的样子。

14 愠于群小：“愠”，愠怒。“于”，介词，表示被动。“群小”，众多小人。这句的意思是被众多小人憎恨。

15 觏闵既多：“觏”，遭遇。“闵”，通“愍”，病痛，这里其实是指小人的陷害。“既”，已经，已然。

16 静言思之：“静”，静下来。“言”，语气词，没有意义。“思”，想，思考。

17 寤辟有摽：“寤”，醒着，睡不着。“辟”，通“擗”，用手拍胸。“有摽”，即摽摽，形容词，捶打胸脯、痛心疾首的样子。

18 日居月诸：“居”“诸”都是语气词，没有意义。

19 胡迭而微：“胡”，何，为什么。“迭”，相继，连续。“微”，本义是微弱，光芒减弱，这里指日食和月食。

20 澣：同“浣”，“澣衣”就是洗衣服。

21 不能奋飞：“奋”，振动翅膀。这句是说不能像鸟一样振翼而飞。

坚如磐石的忧愤之作

这是一首表达内心愁闷、痛苦的诗。从“忧心悄悄，愠于群小”这句来看，诗人很可能遭遇了小人的诋毁和陷害，他（或她）认为自己具有坚贞高洁的品质，但这种品质不仅得不到承认，还屡屡遭遇不公。诗人想向亲人寻求帮助，反而遭到兄弟的怒骂，最后处于孤立无援的境地。诗人夜不能寐，心中有块垒，喝酒也无法排解，他就像急流中的柏舟，随波沉浮，无法掌控自己的命运。

诗人善于使用譬喻。镜子是清洁明净的象征，石头代表坚贞的品质，席子有平正的寓意。诗人先提到几种美好事物，又反其道而行地说：镜子虽无所不容，也会照射出丑陋；石头虽坚硬，却能随意转动，没有立场；席子虽平正，但很容易被卷曲。所以自己要比镜子还洁净，容不得一点瑕疵；要比石头还坚定，不会见风使舵；要比席子还平正，总是百折不挠。只有这样才称得上“威仪棣棣”。日月按一定规律运行，在白天、夜晚发出光芒，这是常态；相继出现日食和月食，是不正常的现象。诗人用这样的比喻来说明自身所处的社会价值观颠倒，光明的事物被不断遮蔽。又将内心的痛苦与忧虑，比喻成穿在身上却没有洗干净的衣服，令人难受又无法摆脱。诗人想像鸟一样振翅高飞，却又无法逃离。这一系列的譬喻，使得诗歌的意味郁郁深沉，更耐咀嚼和回味。

关于诗人的身份，古代学者多认为是男士，是遭遇小人攻讦的贤德仁慈之

人。也有人认为是女性，西汉学者刘向在《列女传》里说，这首诗是由一位叫卫宣夫人的贵族女性所写，她嫁到卫国，刚进城门，夫君就死了，但她执意守节，并作这首诗以明其志。卫宣夫人是刘向虚构的人物，但《列女传》的这个解释却启发了宋代的朱熹，朱熹认为这首诗是妇女受丈夫的冷落而发出的悲鸣。受朱熹影响，现代学者也多认为这首诗是女子所作。

其实仔细阅读这首诗，很难判断它究竟是女子还是男子的作品，但不论从哪个角度理解，都能说得通，正是这首诗的魅力所在。我们不知道作者的身份、背景，但仍然能感受到诗中的痛苦与忧愁，能被它哀伤无力的情绪所触动，被它坚定不屈的信念深深感染。后世很多诗人都从这首诗里受到启发，像汉乐府《伤歌行》、刘祯《赠从弟》、阮籍《咏怀》（其十四首）等，其内容都是既抒发苦闷，又表达内心的坚贞。

扫码听乐

邶风·柏舟

《诗经》原诗
晓　月　作曲
黄延平　编曲

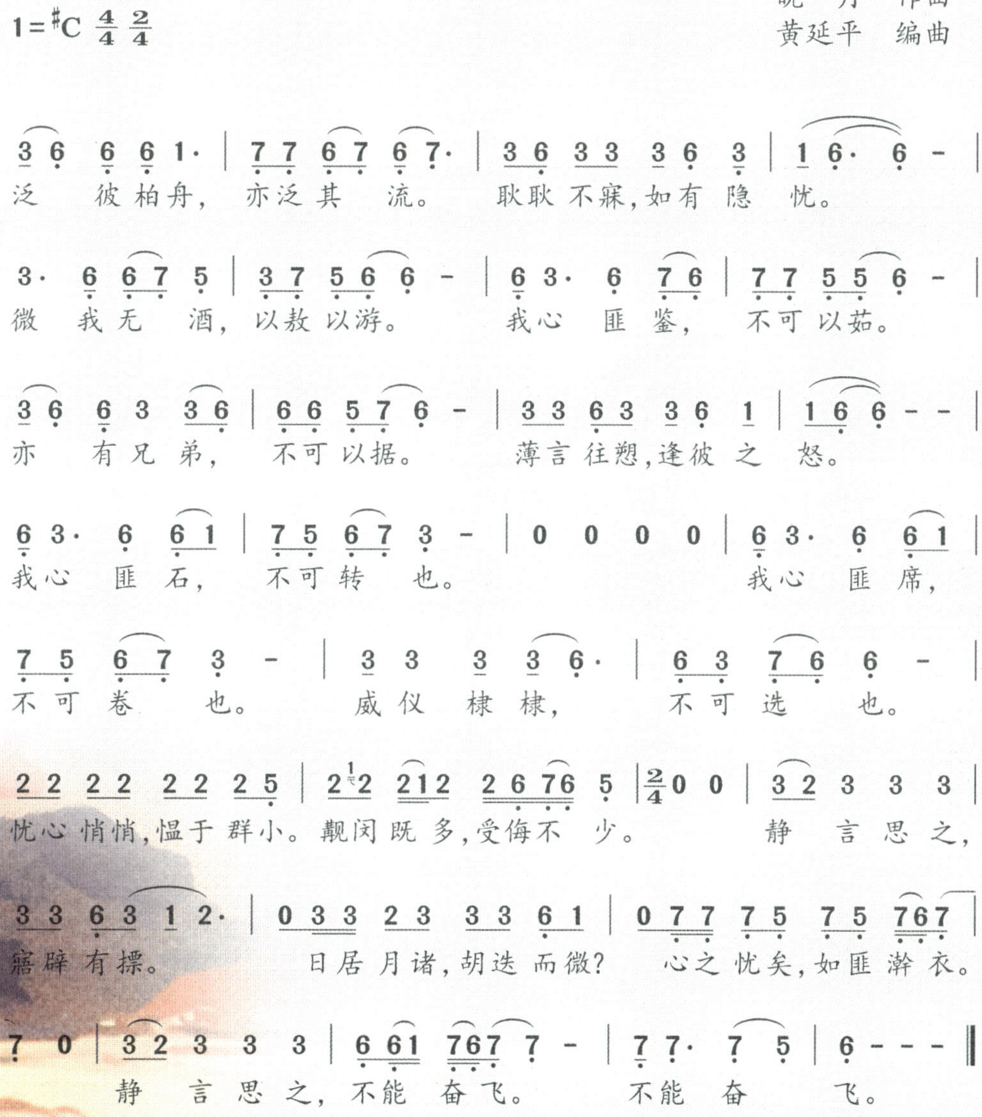

wèi fēng bó xī

卫风·伯兮

bó xī qiè xī bāng zhī jié xī bó yě zhí shū wèi wáng qián qū
伯[1]兮朅[2]兮，邦[3]之桀[4]兮。伯也执殳[5]，为王[6]前驱。

zì bó zhī dōng shǒu rú fēi péng qǐ wú gāo mù shuí shì wèi róng
自伯之东[7]，首如飞蓬[8]。岂无膏沐[9]？谁适为容[10]！

qí yǔ qí yǔ gǎo gǎo chū rì yuàn yán sī bó gān xīn shǒu jí
其雨其雨[11]，杲杲出日[12]。愿言[13]思伯，甘心首疾[14]！

yān dé xuān cǎo yán shù zhī bèi yuàn yán sī bó shǐ wǒ xīn mèi
焉[15]得谖草[16]？言树之背[17]。愿言思伯，使我心痗[18]！

译文

大哥健壮又勇猛，是国家的栋梁和英雄。大哥手持一支长殳，做着王师的前锋。

自从大哥东征后，我的头发杂乱如飞蓬。难道没有油膏洗吗？洗了又是为谁妆容！

该下雨了该下雨，天却明晃晃地出太阳。心中想念我的大哥，想得是头痛也心甘！

怎样能得忘忧草？把它种植在家的北面。因为想念我的大哥，使得我难治心中病！

字词注释

1 伯：古代兄弟排行，从大到小可称为“伯、仲、叔、季”，它们也常会用到男子的字中，比如老大的字常有“伯”，最小弟弟的字常有“季”。诗里把这名男子称为“伯”，是很亲昵的称呼。

2 朅：与《卫风·硕人》中的“朅”相同，指健壮勇武的样子。

3 邦：国家。

4 桀：杰出、优秀的人。

5 伯也执殳：“执”，握持。“殳”，一种击打的长兵器，类似矛，有棱无刃。甲骨文的“殳”字写作“”，表示手拿武器击打人的样子，字中所持的就是“殳”，一支没有刃的长柄矛。

6 王：周王。

7 自伯之东：“自”，自从。“之”，往。“东”，东部。

8 蓬：蓬草，一种草本植物，枝叶散生，风吹过时被连根拔起，随风翻滚，因此又称飞蓬。这里形容妇女头发未经梳理，乱糟糟的像飞蓬一样。

9 膏沐：洗发用的植物油脂。

10 谁适为容：这是反问句，宾语前置，换成现代汉语的句法应该是“为容适谁”。“为容”，就是打扮、装扮容貌。“适谁”，为了谁、取悦谁的意思。这句的意思是：容貌又是为谁而装扮呢？

11 其雨其雨：甲骨卜辞中就有“其雨”“不其雨”“其亦雨”“不其多雨”等句式，用“其”表示占卜时的推测和疑问。这句很可能源自甲骨卜辞，意思是根据预测应该下雨。

12 杲杲出日：太阳明晃晃的样子。本来应该下雨，结果却是大晴天，寓意期待男子回来，他却没有回来。

13 愿言：“愿”在这里有祈使的用法，可以表示愿意、情愿。“言”，语气词。

14 甘心首疾：“甘”，甘愿，“甘心”是心甘情愿。“首疾”，头痛。“甘心首疾”的意思是自己宁愿思念得头痛。还有一种意见认为，“甘”是痛的意思，“首疾”是疾首的倒装，“甘心首疾”就是痛心疾首。后来柳永《凤栖梧》中的“衣带渐宽终不悔，为伊消得人憔悴”，就是此类对思念的表达。

15 焉：怎么，如何。

16 谖草：又作萱草，忘忧草。

17 言树之背：“言”，语气词。“树”，作动词，种下，种植。“背”，北堂，北面。

18 痗：病痛。

世界上有没有忘忧草？

这首诗里衍生了好几个名句：一是“谁适为容”，是“女为悦己者容”的最早来源；一是“焉得谖草”，哪里有忘忧之草，其含义是世界上本无忘忧草，根本解不了忧愁，“谖”就是遗忘的意思。后人为附会《诗经》，真的找来了一种草，给它命名为谖草、忘忧草，其实植物本身根本没有忘忧的功能，不过是《诗经》里的一种美好期待罢了。曹丕《善哉行》中的“嗟尔昔人，何以忘忧”就是由此而出。

诗的作者是一名女性，她心爱的丈夫出征去了。丈夫在家中排行老大，年纪应该也比诗人要大，所以诗人亲昵地称他为“伯”，就是“大哥”的意思，有点像《射雕英雄传》里黄蓉称呼郭靖为“靖哥哥”。她的丈夫孔武有力，非常优秀，所以手拿长殳，为周王冲锋陷阵。诗人不知道丈夫征战的情况，自从他走了之后，思念一天比一天深，没有心思打扮自己，头发乱得像地上的飞蓬。难道是没有粉黛、油膏吗？不是的，是因为除了丈夫，诗人不想为任何人打扮。

之后诗人每天都过得不顺，占卜说要下雨，结果却出大太阳；听说丈夫似乎要回来，最后期待落了空。世界上当然没有能遗忘忧愁的草药，所以诗人只能任由自己憔悴下去，任由自己头痛、心伤。

整首诗，“焉得谖草”是诗眼，看似是疑问句，其实是设问，答案是明显的。没有什么灵丹妙药，诗人只能因思念而更加痛苦，除非自己的丈夫能回来。用“焉得谖草？言树之背”的设问加重了诗歌的情感力度，使我们更深刻地体会到诗人的痛苦和对战争的控诉。

扫码听乐

卫风·伯兮

《诗经》原诗
晓　月　作曲
黄延平　编曲

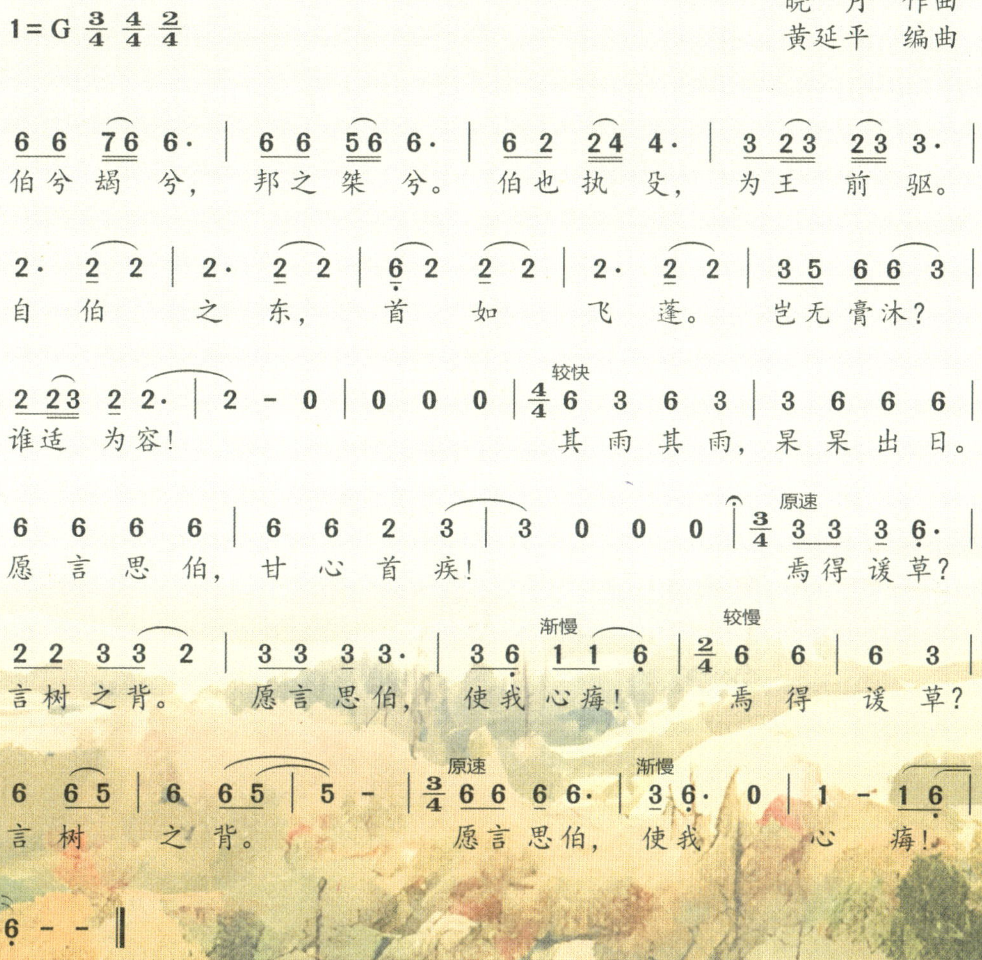

zhèng fēng zǐ jīn
郑风·子衿

qīng qīng zǐ jīn yōu yōu wǒ xīn zòng wǒ bù wǎng zǐ nìng bú sì yīn
青青[1]子衿[2]，悠悠[3]我心。纵[4]我不往，子宁不[5]嗣[6]音[7]？

qīng qīng zǐ pèi yōu yōu wǒ sī zòng wǒ bù wǎng zǐ nìng bù lái
青青子佩[8]，悠悠我思[9]。纵我不往，子宁不来？

tāo xī tà xī zài chéng què xī yí rì bú jiàn rú sān yuè xī
挑兮达兮[10]，在城阙[11]兮。一日不见，如三月兮！

译文

青青的是你的衣领，悠悠的是我的心绪。纵使我不前去，你怎么也没音讯？

青青的是你的佩带，悠悠的是我的思念。纵使我不前往，你怎么也不过来？

徘徊啊踟蹰啊，在高高的城阙上。一天没有见到你，像过了三个月啊！

字词注释

1 青青：古代士子的衣服基本上是纯青色的。

2 衿：衣襟，衣领，指代衣服。

3 悠悠：悠长，漫长，形容思虑绵长。

4 纵：纵使。

5 宁不：怎么不。

6 嗣：继续，延续。

7 音：音讯，消息。

8 佩：佩玉的带子。

9 思：思念。“悠悠我思”指有很深、很长的思念。

10 挑兮达兮：徘徊往来。“挑达”是个双声联绵词，《诗经》里经常将联绵词拆开，中间加“兮”“与”等语气词，比如《商颂·那》中“猗与那与”就是“猗那猗那”的意思，“猗那”也是今天的婀娜。“挑兮达兮”就是“挑达挑达”，形容人徘徊走动的样子。

11 城阙：城墙上的高台。经常左右各一个，相对而立，中间可以通行，所以叫“阙”，“阙”有缺的意思，就是指中间缺了一块。

“悠悠我心”到底是为谁？

这首诗在讲述什么，历来有两种说法。

一种说法认为，是某名女子对身穿青衣的士子的思念。这名士子着青青衣服，女子不停地想念他，甚至还有点责怪：就算我不去见你，你就不能写封信来吗？女子又想到士子佩玉的带子，想到他走路时玉佩叮当、身形优雅的样子，思念了很久，仍想对士子说：纵然我不去见你，难道你就不能来见我吗？很久见不到这名士子，女子只好登上高阙徘徊，高的地方才能看得更远，她也许能看到他远远走来的身影。结果还是让女子失望了，士子没有来。她的思念就更深了，一天没有见到心爱的人，如同隔了三个月之久。这首诗写得很感人，情绪跌宕起伏，还表现出女子性情的可爱，以及她吐露情感的率真勇敢。

另一种说法认为，这是一首写乱世中学校破败、无人读书的诗。持这个意见的人认为，青衣是青年学子的装束。这名学子有很深的忧愁，他因为学校败落，没有人再来读书，极为伤感，对其他的学子说：纵然我不去找你们，难道你们不会继续读书治学吗？纵然我不去找你们，难道你们就不能主动来学吗？而你们只会在城阙上徘徊游乐，不思进取，这样的话，一天不见，就如同有三

个月的差别。

这两种说法，后一种是汉代就流行的，前一种是宋代才逐渐被人们接受的。从内容上看，显然第一种说法更贴切。不过第二种说法也有很多人认可，也许是因为古代战乱频繁，学校屡屡荒废，引起后来读书人强烈的共鸣。曹操《短歌行》中的“青青子衿，悠悠我心。但为君故，沉吟至今”化用了这句诗，把“青衿”理解成贤才。南宋朱熹在解释这首诗时，认为这是一首表现自由恋爱的诗，但他给白鹿洞书院写赋，却说“广‘青衿’之疑问”，意思是要推广《子衿》这首诗提出的千年之问，不能再让学校荒废了。两种说法，他都接受。这就是诗歌的魅力，它没有标准答案，每个人都能从自己的角度获得情感的共鸣。那么，你是怎么认为的呢？你有没有新的看法？

扫码听乐

郑风·子衿

《诗经》原诗
晓　月　作曲
黄延平　编曲

1=D $\frac{4}{4}$ $\frac{2}{4}$

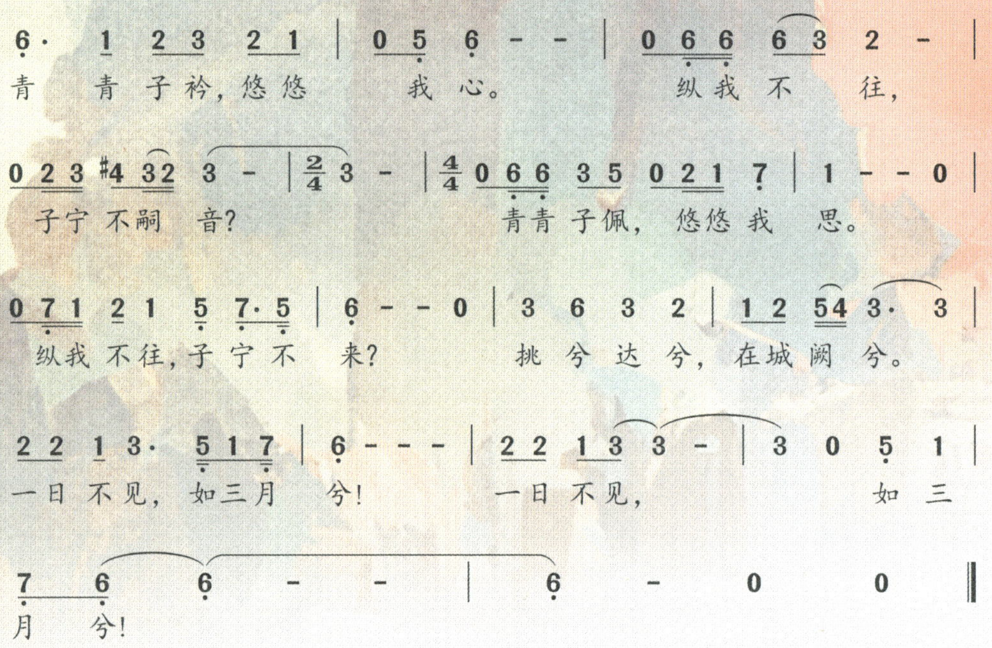

chén fēng yuè chū

陈风·月出

yuè chū jiǎo xī jiǎo rén liǎo xī shū yǎo jiǎo xī láo xīn qiǎo xī
月出皎[1]兮，佼[2]人僚[3]兮。舒[4]窈纠[5]兮，劳心[6]悄[7]兮！

yuè chū hào xī jiǎo rén liǔ xī shū yǒu shòu xī láo xīn cǎo xī
月出皓[8]兮，佼人懰[9]兮。舒懮受兮，劳心慅[10]兮！

yuè chū zhào xī jiǎo rén liǎo xī shū yāo shào xī láo xīn cǎo xī
月出照[11]兮，佼人燎[12]兮。舒夭绍兮，劳心惨[13]兮！

译文

月亮出来多皎洁啊，美人更娇艳啊。优雅又婉约啊，使我的心烦忧啊！

月亮出来多明亮啊，美人更妖娆啊。优雅又娇媚啊，使我的心焦躁啊！

月亮出来多清亮啊，美人更靓丽啊。优雅又温婉啊，使我的心哀痛啊！

字词注释

1 皎：形容月光皎洁。

2 佼：同“姣”，姣好。

3 僚：通“嫽”，美好。

4 舒：舒迟，舒缓，形容女子体态优雅。

5 窈纠：与下文的“懮受”“夭绍”，同为叠韵联绵词。与《周南·关雎》中的“窈窕”意思接近，形容女子婉约、婀娜的样子。

6 劳心：“劳”在这里是使动用法，使我心劳。

7 悄：与《邶风·柏舟》中“忧心悄悄”的“悄”意思接近，忧愁的样子。

8 皓：形容月光洁白明亮。

9 懰：妖娆妩媚。

10 慅：忧愁，比“悄”程度稍重。

11 照：当形容词用，形容月光明亮照人。

12 燎：明亮，亮丽。

13 惨：通“懆”，忧愁不安，程度比“悄”“慅”又重了一层。

月出照人的美丽

月亮从天空升起，皎洁而明亮。有一名女子，是那么靓丽姣好，美得让人睁不开眼睛。她慢慢地走来，步履妖娆，体态动人，引出诗人心中的苦闷、忧愁。想追求又追求不到，想靠近又不敢靠近。女子仿佛就是月亮，月亮又幻化成了女子。

寥寥四十八个字，把天上之月与地上佼人的梦幻美好描摹得淋漓尽致。究其原因，是诗人在每一章的前两句用了映衬的手法，用月出的皎洁，对应佼人的靓丽；又在每一章的最后两句，用了对比的手法，用佼人的从容、妖娆和妩媚，对比诗人的紧张、苦闷和忧愁。月亮有多皎洁，佼人就有多美丽；佼人有多妩媚，诗人就有多忧郁。

至于诗人忧愁的原因，我们不得而知。诗歌不必说破，要留给读者自行想象和体会的空间。我们只知道佼人的美，令诗人心碎。诗歌的魅力，就在于不需要知道前因后果，只需要抓住事件的一个瞬间，抓住情绪的某个片段，就足够了。

《月出》这首诗用月亮映衬女子的表现手法，也影响到了后世的诗赋。比如宋玉的《神女赋》形容神女走近时说：“其始来也，耀乎若白日初出照屋梁；其少进也，皎若明月舒其光。”明显受到这首诗的启发。

扫码听乐

陈风·月出

《诗经》原诗
晓　月　作曲
黄延平　编曲

1=C $\frac{2}{4}$

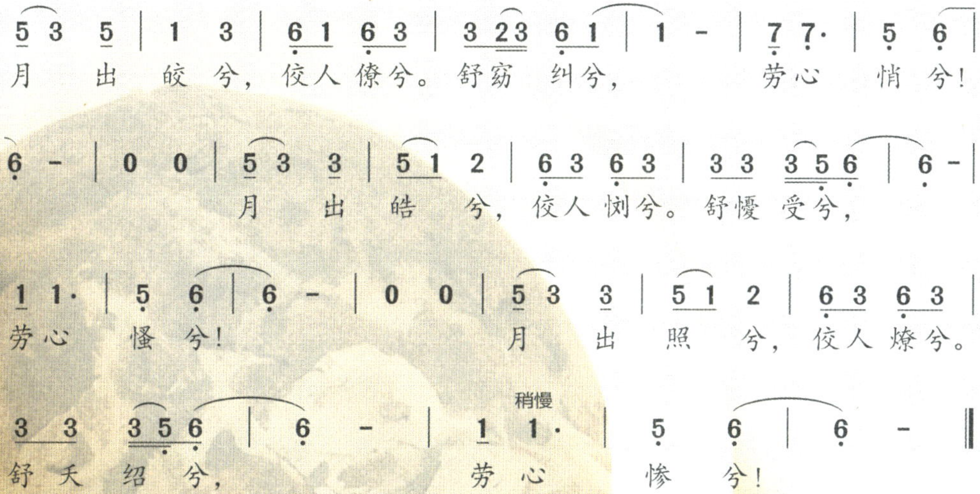

bèi fēng jiǎn xī

邶风·简兮

jiǎn xī jiǎn xī fāng jiāng wàn wǔ rì zhī fāng zhōng zài qián shàng chù shuò rén yǔ yǔ gōng tíng wàn wǔ

简兮[1]简兮，方将万舞[2]。日之方中，在前上处。硕人俣俣[3]，公庭万舞。

yǒu lì rú hǔ zhí pèi rú zǔ zuǒ shǒu zhí yuè yòu shǒu bǐng dí hè rú wò zhě gōng yán cì jué

有力如虎，执辔如组[4]。左手执籥[5]，右手秉翟[6]。赫如渥赭[7]，公言锡爵[8]。

shān yǒu zhēn xí yǒu líng yún shuí zhī sī xī fāng měi rén bǐ měi rén xī xī fāng zhī rén xī

山有榛，隰有苓[9]。云谁之思？西方美人。彼美人兮，西方之人兮！

译文

壮观啊宏大啊，正在表演着《万舞》。太阳到了正中，舞者在队前领舞。魁梧的舞者多么健硕，不愧是公庭的《万舞》。

像老虎一样有力，像执缰绳一样自如。左手拿着乐器，右手握着羽毛。脸色鲜亮如深红的赭石，卫公开心地赐予美酒。

山上长着榛树，沼泽长着甘草。我在思念谁呢？思念来自西方的美人。那样美丽的人啊，是西方的舞者啊！

字词注释

1 简兮：宏大，壮观。

2 万舞：商周时期的贵族祭祀之舞，一般为祭祀神灵时所用。舞蹈时或用干戚（盾牌和斧钺），或用羽籥（羽毛和六孔籥）。“舞”，甲骨文写作“”，就是一个人拿着羽毛跳舞的样子。金文写作“”，就是“舞”的甲骨文下面加了两只脚“”，更形象地展示跳舞的动作。后来这两只脚演化成“舛”（“舛”的本义就来自两只错开的脚，引申出差错的含义），上半部分符号演化成“無”，组合成为现在的“舞”字。

3 硕人俣俣：形容舞者身材健壮。

4 有力如虎，执辔如组：“辔”，缰绳。“组”，多根细绳编成的绳索，因为古代驾驷马之车，需要控制六根缰绳，“执辔如组”形容驾驭缰绳稳而不乱。整句是说舞者能刚能柔，老虎般有力，执缰般细腻，拥有举重若轻的舞姿。

5 籥：一种竹制的管乐器，有六个孔。

6 翟：羽毛。

7 赫如渥赭：“赫”，赤色。“渥”，浓厚。“赭”，一种红色颜料，可以用来作画，也可以用来化妆。这里用来形容舞者剧烈运动后，脸红得像涂了厚厚的红色颜料。

8 公言锡爵：“锡”，通“赐”。“爵”，盛酒器。

9 隰有苓：“隰”，湿地。“苓”，甘草。

舞者的健硕与力量之美

这首诗赞美了舞者的健硕和力量。“硕人俣俣”说的是舞者身材健壮，“有力如虎，执辔如组”是形容舞者举重若轻的舞姿。他左手拿着乐器，右手握着羽毛，舞得面色红润，受到了卫公的赏赐。根据考古发现，西周时期很可能有不少西域人在周王朝担任巫师，并将西域的舞蹈带入中原，给西周文化抹上了一道异域风采。1980 年秋，陕西周原召陈村西周建筑遗址里出土了两件蚌雕人头像，他们高鼻深目，类似高加索人种，戴着条纹帽，其中一个帽子顶部刻有“巫”字，很可能是胡巫的雕像。诗人所赞美的“彼美人兮，西方之人兮”，是否正是那些从西域来的巫师？

在中华文明的早期，巫史之官的地位极为重要，是沟通天人的唯一媒介，掌握着极大的权力。沟通神灵往往通过舞蹈来实现，比如巫师的首领在国家大旱时，要率群巫舞雩（yú，祈雨的舞蹈）。群巫分男巫和女巫，男巫又叫“觋（xí）”，负责祭祀四方之神的望祀和望衍，春天还要招弭（招祥、祛病）。女巫负责祓除（去除凶疾之祭）、衅浴（用香草涂身之浴），大旱舞雩，大灾则歌哭请神。这些祭祀行为，都需要舞蹈。

《简兮》这首诗里，诗人剥离了《万舞》背后的祭祀元素，突出《万舞》本身之美和对舞者的欣赏。风格典雅而明快，但在明快之中，还笼罩了一层纱雾，使得诗歌具有一种说不清道不明的魅力。

扫码听乐

邶风·简兮

《诗经》原诗
晓　月　作曲
黄延平　编曲

1=C $\frac{2}{4}$

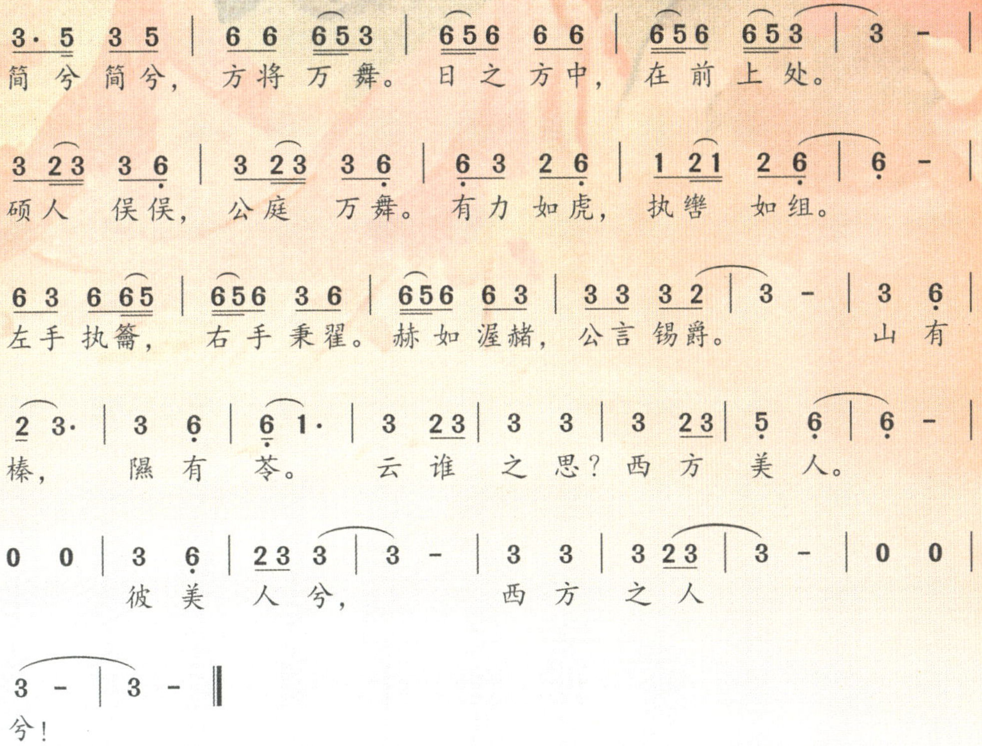

wèi fēng zhì hù
魏风·陟岵

zhì bǐ hù xī zhānwàng fù xī fù yuē jiē yú zǐ xíng yì sù yè wú yǐ
陟[1]彼岵[2]兮，瞻望父兮。父曰：嗟予子，行役夙夜[3]无已[4]！
shàng shèn zhān zāi yóu lái wú zhǐ
上[5]慎[6]旃[7]哉，犹[8]来[9]无止[10]！

zhì bǐ qǐ xī zhān wàng mǔ xī mǔ yuē jiē yú jì xíng yì sù yè wú mèi
陟彼屺[11]兮，瞻望母兮。母曰：嗟予季，行役夙夜无寐[12]！
shàng shèn zhān zāi yóu lái wú qì
上慎旃哉，犹来无弃[13]！

zhì bǐ gāng xī zhān wàng xiōng xī xiōng yuē jiē yú dì xíng yì sù yè bì xié
陟彼冈[14]兮，瞻望兄兮。兄曰：嗟予弟，行役夙夜必偕[15]！
shàng shèn zhān zāi yóu lái wú sǐ
上慎旃哉，犹来无死[16]！

译文

登上长满草木的山，远远眺望我的父亲。父亲说：我的孩子啊，服役早晚不要松懈！千万要谨慎啊，回来吧不要久留！

登上没有草木的山，远远眺望我的母亲。母亲说：我的小宝啊，服役早晚不要贪睡！千万要慎重啊，回来吧不要抛弃家人！

登上高高的山冈，远远眺望我的兄长。兄长说：我的弟弟啊，服役早晚都要跟上队！千万要注意啊，回来吧不要葬在他乡！

字词注释

1 陟：登，升。

2 岵：有草木的山。

3 夙夜：早晚。

4 无已：“已”，这里指松懈。“无已”，指不要松懈，要提高警惕。

5 上：通“尚”，希望、但愿的意思。

6 慎：谨慎，小心。

7 旃：同“之”。“上慎旃哉”的意思是千万要注意啊，千万要小心啊。

8 犹：仍然，仍旧。

9 来：回来，归来。

10 无止：“止”，停止，止息。“犹来无止”的意思是要记得回来，不要在外面久留。

11 屺：没有草木的山。

12 无寐：不要嗜睡、贪睡。

13 犹来无弃：仍然要回来，不要抛弃家人。上面的“无止”和这里的“无弃”都委婉地表达不要客死他乡的意思。

14 冈：高冈。

15 夙夜必偕：“偕”，偕同。指早晚一定要跟紧伙伴，不要掉队。

16 无死：不要客死他乡。

在高冈上思念亲人的悲歌

这是一首行役游子思念亲人的诗。

“岵”“屺”“冈”并不是实指，诗人用这种方式来展现自己攀过了一座又一座山，来比喻行役的辛苦。站在山上，他望着远方的家，不禁想起了自己的父母兄弟，想起自己离开时，他们的叮咛与嘱咐，告诉他行役的时候一定要警觉、小心、谨慎，跟上自己的伙伴，千万要注意安全，不要把自己丢在了外面，一定要回来。这些话语显示出家人对诗人的爱，无疑更增添了诗人对家的思念。

古代成年男子都有服徭役的义务，“徭”指的是民事劳动，比如帮贵族、官家收割庄稼、修整城墙等；“役”是兵役，不仅有固定的训练任务，还需要在战争爆发时受临时征调奔赴战场。这首诗里讲到“上慎旃哉，犹来无死”，想必诗人是远赴战场作战，所以每一章最后一句，“犹来无止”“犹来无弃”“犹来无死”，读起来有一种悲凉的气息。

诗句中的“父曰”“母曰”“兄曰”，并不是临别前的真实描写，而是诗人在行役途中想象亲人思念自己时说的话。这种表现手法在后世诗歌中也很常见，比如白居易《邯郸冬至夜思家》中写道：“想得家中夜深坐，还应说着远行人。”

扫码听乐

魏风·陟岵

《诗经》原诗
晓　月　作曲
黄延平　编曲

1=F $\frac{2}{4}$

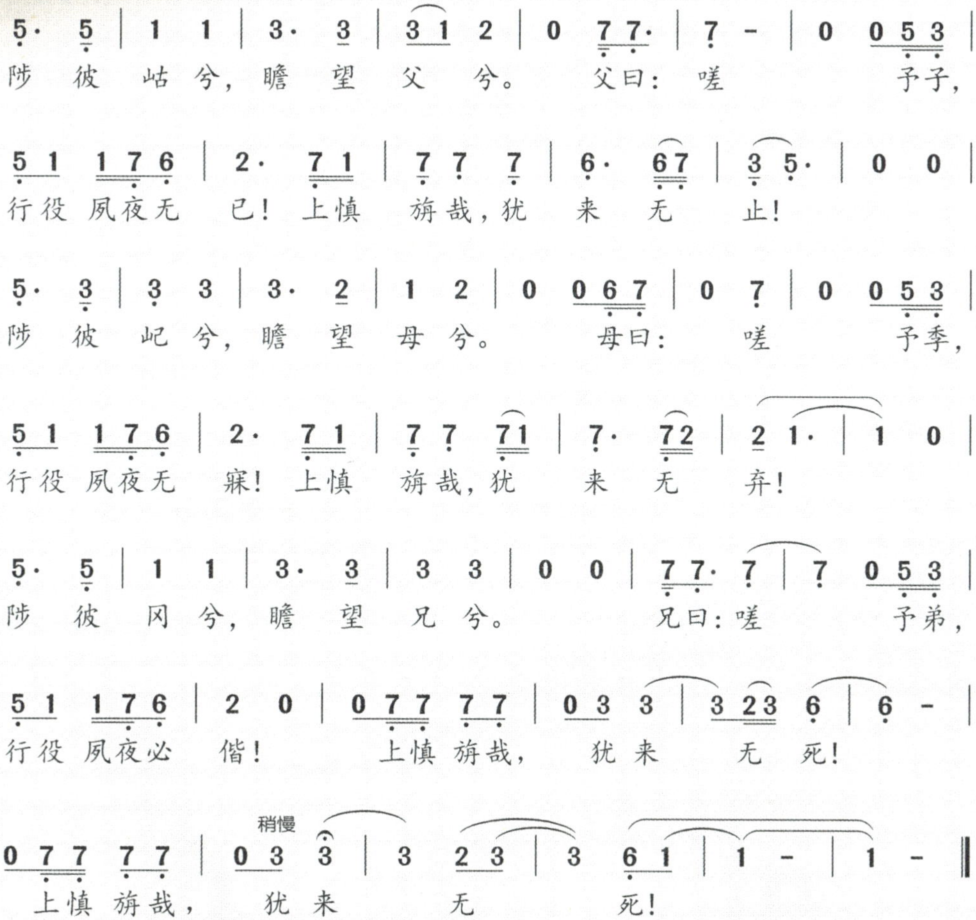

tángfēng chóumóu
唐风·绸缪

chóu móu shù xīn sān xīng zài tiān jīn xī hé xī jiàn cǐ liáng rén zǐ xī zǐ xī rú cǐ liáng rén hé
绸缪[1]束薪[2]，三星[3]在天。今夕何夕[4]，见此良人[5]？子兮子兮[6]，如此良人何[7]？

chóu móu shù chú sān xīng zài yú jīn xī hé xī jiàn cǐ xiè hòu zǐ xī zǐ xī rú cǐ xiè hòu hé
绸缪束刍[8]，三星在隅[9]。今夕何夕，见此邂逅[10]？子兮子兮，如此邂逅何？

chóu móu shù chǔ sān xīng zài hù jīn xī hé xī jiàn cǐ càn zhě zǐ xī zǐ xī rú cǐ càn zhě hé
绸缪束楚[11]，三星在户。今夕何夕，见此粲者[12]？子兮子兮，如此粲者何？

译文

柴薪捆得紧紧的，参宿出现在正东方。今夜是什么日子，见到这样的美人？公子啊公子，如此美人怎么样？

刍秣扎得紧紧的，参宿出现在东南角。今夜是什么日子，能有这样的相遇？公子啊公子，如此相遇怎么样？

荆条束得紧紧的，参宿正对着门户上。今夜是什么日子，见到这样明媚的人？公子啊公子，如此明媚的人怎么样？

字词注释

1 绸缪：叠韵联绵词，原来指的是鸟用唾沫筑巢后，鸟巢坚固的样子。所以“未雨绸缪”是用鸟筑巢来打比方，意思是没下雨前就筑好坚固的巢，用来比喻人在事前就做好充分准备。因为筑巢用的枝条、树叶、泥土都紧密地混在一起，“绸缪”就有了紧凑、紧密、缠绵等意思。这里指的是枝条绑得很紧的样子。

2 束薪：“束”，捆束。“薪”，枝条，可以当柴烧。

3 三星：指参宿，参宿一共由七颗较为明亮的星构成，外围的四颗星构成一个大正方形，内部的三颗星连成一条直线，很容易辨识。参宿的名称就来自这三颗星，“参”就是三的意思。

4 今夕何夕：“夕”，夜晚。“今夕何夕”，直译为今晚是个怎样的夜晚。

5 良人：美好的人，指新娘。古代良人既能指新娘，也能指新郎，“娘”和“郎”，都是从“良”这个字发展而来的。

6 子兮子兮：“子”，指男子，即新郎。

7 如此良人何：这句是诗人对新郎说的。直译是，你呀你呀，这么美好的人你觉得如何?

8 刍：草，可以用来喂马、牛等牲畜，也可以当柴。

9 隅：角落。

10 邂逅：遇见，相遇。这里指相遇之事，即婚礼。

11 楚：荆棘，砍下来可以当柴。

12 粲者：“粲”，明亮。“粲者”，明媚的人，指新娘。

三星高照的婚庆之歌

这是一首庆祝婚礼的诗。诗人用参宿指代时间的变化。周代贵族结婚多在冬季，前后要有纳采、问名、纳吉等繁复的流程，《唐风·绸缪》正是用“三星”来形容这一过程。

参宿在农历九、十月黄昏时分出现于东方，然后随着时间的变化，会逐渐往东南、正南移动，至农历十二月时到正南方，随后再向西沉。“三星在天”指的就是参宿在农历九、十月黄昏时出现在东方；“三星在隅”指的是参宿在农历十一月黄昏时出现在东南角；“三星在户”指的是农历十二月黄昏时参宿位于正南方，古代房屋坐北朝南，室外有户，户正对南，所以黄昏时参宿在正南方，就正对着户。农历十二月的时候，正好是春节，此时观看参宿非常清楚，在正南方很容易就能看见。参宿也是西方的猎户座。古人很重视参宿，它可以用来辨别农时。又因在春节前后最明亮，在南天正中，有着美好的寓意，所以参宿的中间三颗星逐渐衍化为“福禄寿”三星，并有了“三星高照”的含义。

《诗经》里涉及“束薪”的意象，多与婚庆有关。这种意象或许与古代早期的习俗相关，成婚之所以叫“婚”，是因人们会在黄昏燃烧火把，围着火堆跳舞，举办盛大的仪式。这些火把、火堆，就是由“束薪”“束刍”“束楚”所燃烧的。本诗描写了盛大的场景，在三星的照耀下，人们围着火堆跳舞；在火的映照下，新人更加光鲜靓丽。诗人不禁问新郎：公子啊公子（子兮子兮），今夜

是什么日子，能见到如此美好的人，见到如此美好的事，见到如此灿烂的生命？公子啊公子，你觉得如此美好的人怎么样？你觉得如此美好的事怎么样？你觉得如此灿烂的生命怎么样？几千年后，尽管我们没有见到当时的场景，但读了这首诗，也为这名新郎感到高兴，为如此灿烂的生命感到幸福。

唐风·绸缪

扫码听乐

《诗经》原诗
晓　月　作曲
黄延平　编曲

1=♭B $\frac{2}{4}$

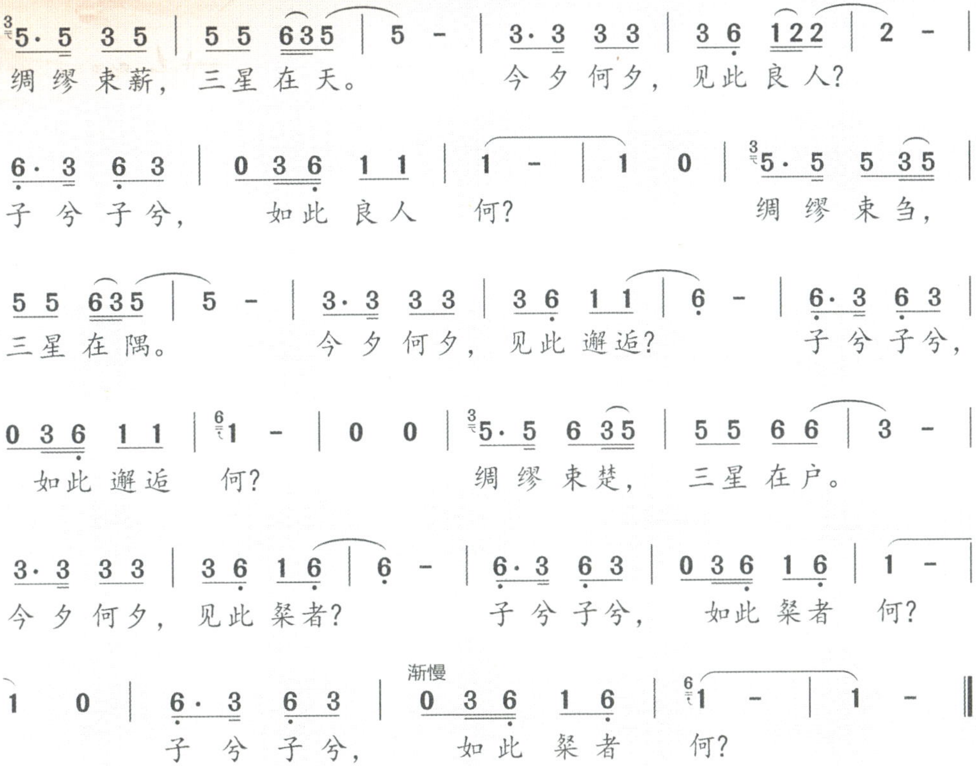

卫风·氓

氓[1]之蚩蚩[2]，抱布[3]贸[4]丝[5]。匪[6]来贸丝，来即[7]我谋[8]。送子[9]涉[10]淇[11]，至于顿丘[12]。匪我愆[13]期，子无良媒。将[14]子无怒，秋以为期。

乘[15]彼垝垣[16]，以望复关[17]。不见复关，泣涕[18]涟涟[19]。既见[20]复关，载笑载言[21]。尔[22]卜尔筮[23]，体[24]无咎言[25]。以尔车来，以我贿迁[26]。

桑之未落，其叶沃若[27]。于嗟[28]鸠[29]兮，无食桑葚[30]！于嗟女兮，无与士耽[31]！士之耽兮，犹可说[32]也。女之耽兮，不可说也！

桑之落矣，其黄而陨[33]。自我徂尔[34]，三岁食贫[35]。淇水汤汤[36]，渐车帷裳[37]。女也不爽[38]，士贰[39]其行。士也罔极[40]，二三其德[41]。

三岁为妇，靡室劳矣[42]。夙兴夜寐[43]，靡有朝矣[44]。言既遂[45]矣，至于暴矣。兄弟不知，咥[46]其笑矣。静言思之，躬[47]自悼矣。

及尔偕老[48]，老使我怨[49]。淇则有岸，隰[50]则有泮[51]。总角[52]之宴[53]，言笑晏晏[54]。信誓旦旦[55]，不思其反。反是不思，亦已焉哉[56]！

译文

那傻小子痴痴的，抱着布匹来买丝。不是真的来买丝，是来找我谈亲事。亲自送他过淇水，一直走到顿丘旁。不是我要失约啊，因他没有好媒人。请他不要生怨气，我定秋天为婚期。

登上破旧老城墙，为了远远望复关。可却不见心上人，只能眼泪落不断。一旦看见心上人，一边笑着一边说。龟甲蓍草来占卜，卦象吉利无凶兆。你就驾着车来娶，我就带着财货嫁。

桑树叶儿还没落，叶子茂密有光泽。我亲爱的斑鸠啊，不要只顾吃桑葚！多可怜的女人呀，别学男人尽享乐！男人沉迷享乐时，说不管就真不管。女人若要享乐去，想摆脱却难上难！

桑树叶儿要落时，干瘪枯黄纷纷落。自从我来跟了你，多年都是苦日子。淇水浩浩又汤汤，水流浸到车帷上。我做妻子没差错，你却言行不一致。你越来越没底线，渐渐三心又二意。

做你妻子已三年，没有一天不劳累。每天早起兼晚睡，没有一天能休息。好话说了这么多，你却暴力来对我。我的兄弟不在意，反而张口来笑我。沉静下来细细想，只能自己心伤痛。

本想和你到白头，结果到老反添怨。茫茫淇水都有岸，低低湿地也有畔。未成年时无忧虑，常常欢笑乐开颜。当年誓言多诚恳，现在却都已违背。既然誓言不可信，那让一切结束吧！

字词注释

1 氓：本指未受教育的民众，也可泛指下层民众。诗里指买丝织品的男子。

2 蚩蚩：忠厚的样子。

3 布：布匹。

4 贸：买卖，交易。这里指买。

5 丝：丝织品。

6 匪：非，不是。与下文“匪我愆期”的“匪”意同。

7 即：就，靠近。

8 谋：“我谋”就是“谋我”，宾语前置，直译是有所图谋。“来即我谋”的意思是这个人不是来买丝，是对我有意思。

9 子：指“氓”，对男子的昵称。

10 涉：渡水而过。

11 淇：淇水，流经卫国的一条河。

12 顿丘：卫国地名，在今河南浚县西。

13 愆：拖延，失信。男子没有请媒人，导致错失佳期，这透露出他对这场婚姻本就很随意，为日后发生的悲剧埋下了隐患。

14 将：请。

15 乘：登上。

16 垝垣：毁坏的城墙。

17 复关：卫国地名，男子所居之地，这里代指“氓”。

18 泣涕：“泣”是眼泪，“涕”是鼻涕。

19 涟涟：哭泣不止的样子。

20 既见：见到了。

21 载笑载言：边笑边说话。

22 尔：你，你的。

23 ……卜……筮：用龟甲占卜叫作“卜”，用蓍草占卦叫作“筮”，这里泛指占卜吉凶。

24 体：占卜所显示的卦象。

25 咎言：“咎”，灾祸，不吉。“言”，言辞，指卦象之言。

26 贿迁：“贿”，财货。“迁”，迁徙。

27 沃若：树叶茂盛光润的样子。

28 于嗟：“于”通“吁”。“吁嗟”，感叹词。

29 鸠：斑鸠一类的鸟。

30 桑葚：桑树的果实，味甜可食。桑葚因富含糖分，熟透了之后会发酵，鸟吃多了会出现醉酒的情况。这里说“无食桑葚”，意思是桑葚虽甜，但不能多吃；比喻新婚生活虽美好，但也不能沉溺于享乐。

31 耽：沉溺于享乐。

32 说：同“脱”，摆脱，解脱。“……不可说也”意思是男子与女子不同，女子因脱不开身，而无法沉溺于享乐。之所以这样，是古代男子主外，女子主内，男子在外有交际活动，有时在外贸易久久不归；古代女子不仅需要在家里照顾家人，还要进行纺织等工作，耽于享乐会使得家庭内部出现很多问题。当然这是一种不公平的现象，这首诗其实对这类现象有所讽刺，因为诗里的女性显然更为独立，与男性相较也更有能力。另外，这句诗还有另外的意思，就是女子青春苦短，容貌易老，如果没有独立的能力，一味依靠自己的青春和容貌取悦于男子，等年华逝去，很容易遭到抛弃。诗的后文就讲了这个问题。

33 陨：陨落。比喻女子青春一过，年老色衰。

34 自我徂尔：“徂”，往。意思是自从我到你家。

35 三岁食贫：“三岁”，泛指多年。“食贫”，贫于衣食，指吃饭、穿衣都不够。这是男子耽于享乐、不事生产的后果。

36 汤汤：流水大而急的样子。

37 渐车帷裳：“渐”，浸渍，溅湿。“帷裳”，用于围挡车厢的帷布，指女子的车架。这句是回忆女子嫁过来时，不嫌弃男子家贫，甘冒深邃湍急的淇水，驾着被溅湿的马车到男子家。

38 爽：差错。

39 贰：有两种解释，一种是将“贰”理解为本义，就是不忠心、不一致的意思，指男子言行不一，对女子有不忠的行为；一种是认为“贰”通“忒”，“忒”就是过失、过错，意思是女子没有差错，男子却有很多过失。

40 罔极：“罔”，无，没有。“极”，边界，界限。这句是说男子没有底线。

41 二三其德：指男子三心二意。“二三”，指男子不专一。“其”，指男子。“德”，心意。

42 靡室劳矣：“靡”，没有。“室”，空间，房室。这句的重点在“劳矣”，意思是没有自己的空间，一直在劳动。

43 夙兴夜寐：早起晚睡。多指劳作、工作的辛苦。

44 靡有朝矣：直译是没有白天，意思是说没有一天休息。

45 遂：成，如愿。“言既遂矣”的意思是好话都说尽了，指女子对男子不满，该说的话都说了。

46 咥：讥笑的样子。女子的兄弟不知道情况，还讥笑她。

47 躬：自己。

48 及尔偕老：本来是想和你一起相守到老的。

49 老使我怨：“老”，指白头偕老。这句意思是到老了只能使我更怨恨。

50 隰：湿地，潮湿的低地。

51 泮：水边。前后两句都是批评男子行为无度。

52 总角：古代儿童在头的两边编扎头发，形如两角，称为“总角”。

53 宴：安，平和。

54 晏晏：笑的样子。形容年幼的时候不知道世间疾苦，一片平和欢笑的样子。

55 旦旦：发誓时诚恳的样子。

56 反是不思，亦已焉哉：“反”，违背。“已”，结束，终了。意思是女子要与男子一刀两断。

朴实独立的平民女性之歌

《诗经》里有很多女性创作或为女性创作的诗，这些女性中既有显耀的贵族，如卫庄姜、许穆夫人，也有无名的平民女子，如《郑风·褰裳》和《卫风·伯兮》的作者。《卫风·氓》这首诗的作者，应该是一名略有资产且从事丝织品生产和买卖的女性，有文化知识和一定产业，但没有爵位，处于社会的中下阶层，是当时绝大部分普通女性的代表。她独立而坚强，形象生动感人。

她对爱情和婚姻有憧憬，并且始终保持庄重的态度。面对以“抱布贸丝”为借口来求婚的男子，她强调要选择合适的时机明媒正娶。而一旦心许对方，则毫无保留地倾情投入，认真地对待感情，期待着对方迎娶，并且把自己的财产带到了夫家。他们曾有一段短暂的幸福时光，但很快丈夫变了心，从诗句来看，她的丈夫不仅不事生产，而且对妻子不忠。诗人独自维持着整个家庭，不停地劳作，晚睡早起，几乎没有一天休息，换来的却是兄弟的嘲笑和丈夫的暴力。可贵的是，她并没有耽于抱怨，只是说“淇则有岸，隰则有泮”，河水时涨时落，但都有个限度，人的行为怎么能没有限度呢？这是最朴素不过的道理。儿时觉得日子是平和的，笑嘻嘻的什么都不懂，长大了才知道人生的不易。既然对方忘记了曾经的誓言，那就一刀两断，“亦已焉哉”！女子果断地发出自己的声音，不禁令人格外尊敬。

在古代，由于社会发展还停留在比较初级的阶段，女性的地位始终从属于男性，很难有独立发展的空间。但这名女诗人，不仅自己从事纺织业，且在思想上不依附于自己的丈夫，用情时无比专一，决裂时非常果断，突显出她独立果决的品格。这首诗也写得朴素大方、简洁明了，展现了诗人对待感情的真挚，对生活的认真，对自我价值的强烈认同，同时也展现出了《诗经》时代普通民众的社会生活面貌。

扫码听乐

卫风·氓

《诗经》原诗
晓　月　作曲
黄延平　编曲

1=A $\frac{2}{4}$

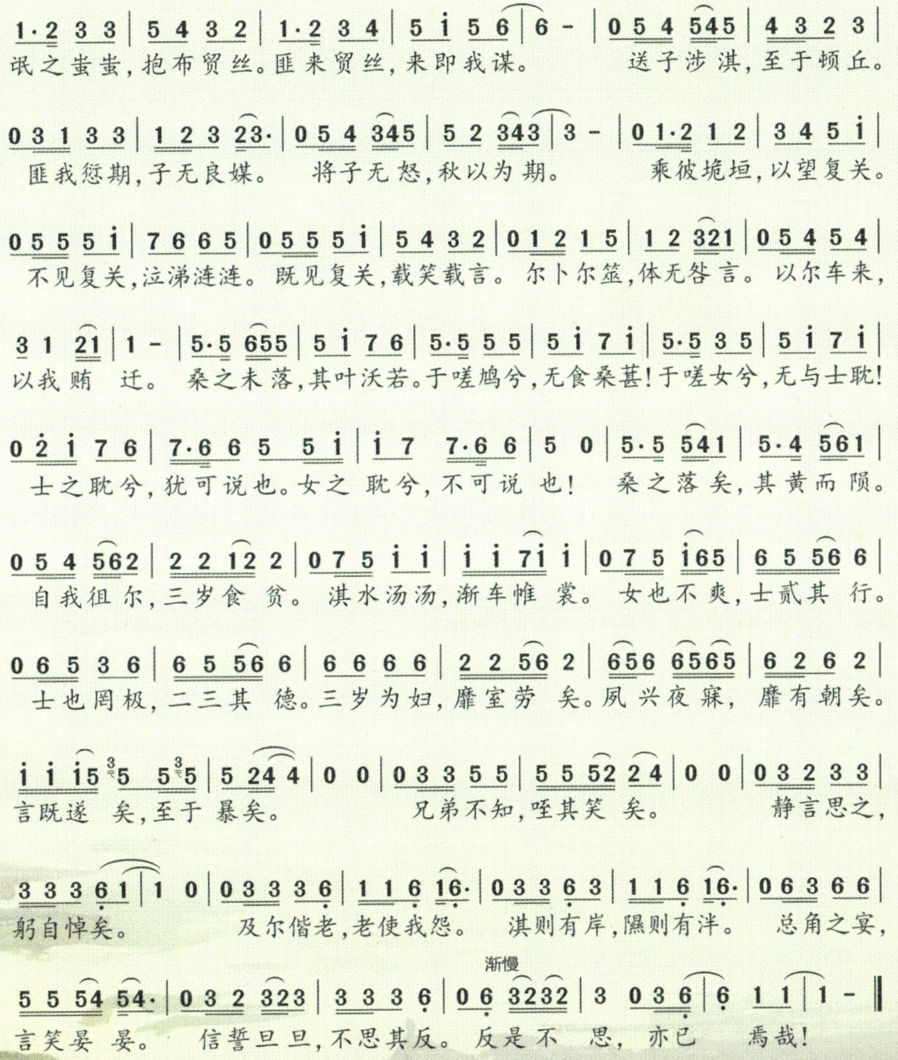

图书在版编目（CIP）数据

诗经之乐. 秋 : 蒹葭苍苍 / 晓月主编 ; 于浩著 ;
黄延平编曲. -- 南昌 : 二十一世纪出版社集团, 2025.
4. -- ISBN 978-7-5568-8707-1

Ⅰ. I222.2

中国国家版本馆CIP数据核字第2024GV0382号

诗经之乐 秋 蒹葭苍苍

SHIJING ZHI YUE QIU JIAN JIA CANGCANG

晓　月/主编　于　浩/著　黄延平/编曲

出 版 人　刘凯军
策 划 人　谈炜萍
责任编辑　孙睿旼　刘晨露子

封面设计　熊　瑾
内文绘画　南岛橄榄
内文制作　黄　明

出版发行　二十一世纪出版社集团（江西省南昌市子安路 75 号　330025）
网　　址　www.21cccc.com
经　　销　全国新华书店
开　　本　889 mm × 960 mm　1/16
字　　数　70 千字
书　　号　ISBN 978-7-5568-8707-1
印　　刷　江西千叶彩印有限公司
印　　张　6.5
印　　数　1~5 000 册
版　　次　2025 年 4 月第 1 版
印　　次　2025 年 4 月第 1 次印刷
定　　价　36.00 元